목마름

청 심 홍 선 기

M
1986
엠오디

온 나라가 홍수로 어려움을
당할 때가 있었습니다.

그러나 사방에 물이 가득한데도
정작 마실 물이 없어 곤란을 당하는
모순을 당하며
이사야 44장 3절 말씀
'나는 목마른 자에게 물을 주며
마른 땅에 시내가 흐르게 하며
나의 영을 네 자손에게,
나의 복을 네 후손에게 부어 주리니'를
묵상하였습니다.

사랑이라는 단어와 지식의 홍수 속에
목마른 갈증은 점점 더 심해지고 있습니다.

주님께서는
목마른 자가 마실 물과 시냇물을
이미 창조하셨습니다.

하나님을 경외하는 변호사로서
대 자연과 사람들의 마음 속에서
주님께서 지으신 시내를 찾고
우물을 만나
물을 길러
목마른 이웃을 미력이나마
섬기고자 시를 적었습니다.

저에게 시를 적도록 인도하신
저의 생명 되신 하나님께 감사드리고,
저와 한몸인 최현성 권사,
상록수 문학 최세균 목사님께
깊은 고마움을 드립니다.

그리고,
저에게 정성껏 사진을 보내 주신
이용정 목사님, 송길원 목사님,
신철수 친구, 오익재 친구, 조성대 친구에게
감사드립니다.

홍선기

목 🍀 차

contents

목 ✿ 차

I

주님의 얼굴을
보여 주옵소서

주님의 얼굴

주님께
얼굴을 정확히
보여 달라는 기도를
여러 번 하였습니다.

그러나,
주님의 얼굴을
볼 수 없었습니다.
주님께서
보여 주시지 않았기
때문입니다.

한참 후
깨달았습니다.

주님께서
얼굴을 보여주시면
얼굴을 보았다는 것을
이곳저곳에서 자랑하고
얼굴 본 사람,
얼굴 못 본 사람을 구분하고
내가 본 얼굴과
네가 본 얼굴로 논쟁할 것을

아신 주님께서
연약한 우리들에게
인간이 알고 있는 모습의
얼굴은 보이지 않으신다는 것을

주님께서는
하늘과 땅 어느 곳에
밝고 어두운 곳 가리지 않고
헝클어진 머리칼,
쭈그리고 있는 초라한 나의
머리를 만지시고
눈물을 닦아 주십니다.

용두동교회 로비 사진

주님의 얼굴
주님을 부르며, 사모하는 자리에
항상 인자한 얼굴로 계십니다.

새해의 다짐

해가 밝았습니다.
몸이 아파도
돈 없어도
얽히고 설켜 빠져 나올 수 없어도
새해가 왔습니다.

얼마나 힘드셨습니까?
아프신 온몸과 마음 붙잡고
얼마나 우셨습니까?
잘 이기셨습니다.
수고하셨습니다.

두 손으로
머릴 감싸고
골고다 언덕을 바라보실까요?
피투성이 주님께서
"다 이루었다"고 외치십니다.
주님께서
외롭고 힘든 그대를 위하여
모든 피를 흘리시고
목숨을 다하여 외치셨습니다.
그렇기에
그대는

목마름

건강할 권리가 있고
예수님의 생명을 지불하고 구원한
우주에서 가장 소중한 천연기념물입니다.

손을 높이 들고
하늘을 바라보십시오.
부활하신 주님께서
하늘과 땅의 모든 권세를 가지시고
세상 끝 날까지
그 대와 함께 하시겠다고 하십니다.

이제 그대는
절망 속 환자가 아닙니다
주님과 동행하며
아름다운 밀어(蜜語)를 속삭이는
주님의 친구입니다.

그대는 더 이상
실패자가 아닙니다.
합력하여 선을 이루시는 주님께서
그대의 손을 붙잡고
여태 알지 못하는
크고 놀라운 기적의 주인공으로 키우실 것입니다.

새해의 밝고 힘찬 태양을 주신 주님
저희들을
주님의 아름다운 덕을 선전하게 하는
살아있는 악기로 부르셨사오니
새해를 맞이하는
저희들은
항상 기뻐하고
쉬지 않고 기도하며
모든 일에 감사하는
얼굴과 마음을 드리게 하옵소서.

양평 하이패밀리 교회 십자가, 씩씩한 하와이 야자수

주님, 바라봅니다

주님,
비록 옳은 것이라 하더라도
제 마음에 교만과 무례함이 있으면
멈추게 하소서.

주여...........
견디기 힘들어 주저앉고
뒤돌아 가고 싶을 때,
주님께서
"두려워 말라. 내가 네게 명한 것이 아니냐."
고 말씀하시면
자리를 훌훌 털고 가게 하소서.

주님
갈 길 다 간 후에
한 마리 겸손한 나귀가 되게 하소서.
헛된 영광 받으려
천국 상급 잃는 자 되지 않게 하소서.

하나님 편

나는
내 편도
네 편도 아닌
하나님 편이 되기를 소원한다.

그러기에
때로는
내가 서 있는 편이
많을 때도 있고
나 홀로 있을 때도 있다.

참 빛

지금까지 인도하신
주님의 은혜를
감사드립니다.

온 천지가 어두울 때는
빛과 어둠의 구분이 쉽고
빛만 찾아 따라가면 되었습니다.

온 나라가 가난하고 굶주릴 때는
배부르고 부자가 되는 길을 따라
기도하고 땀 흘려 일하면 되었습니다.

자유가 억압되는
상황에서는
인신(人身)의 자유를 보장하는 것이
선(善)이라 믿고
선명하게 투쟁하였습니다.

그러나
지금은 온 천지에 환한 빛이 너무도 많고
풍요롭고 자유롭다고 합니다.

이단들도 불을 켜고,
과학의 불도 환히 켜지고,
사상(思想)의 불도 현란합니다.
온 천지가 환하니
참 빛 찾기가 쉽지 않습니다.
어둘 때 빛을 찾는 것보다
밝을 때 참 빛을 분별하여 따르는 것이
쉽지 않은 시대가 계속될 것입니다.

이 시대
이 아침에
지금까지
우리들을
길과 진리와 생명으로 인도하신
참 빛이신 주님을
온 마음과
온 목숨과
온 뜻과
온 힘을 다하여
경외하고 사랑할 것을 결단합니다.

그리고,

후배 후손들에게
"참 빛이신 예수님을 따르는
나와 함께 주님을 따르자"고
겸손하고 담대하게 외칠
믿음의 선배가 되기를
두렵고 떨리는 마음으로 기도합니다.

용두동교회

죄송하고 감사합니다

오늘 아침
인터넷 불통으로
만사가 멈추다
면도 중간에
전기면도기가 멈추다

인정 사정도 없다
세금 미납하면
납부 독촉 거래 정지
신용불량 공매처분
납부하는 것 외에
달리 피할 수 없다.

주님은
믿음이 바닥나고
사랑이 방전되며
소망을 쏟고 어깃장 놓아도
헌금을
임의 계산
장기 체납
납부 거절 통고하여도

오래 참으시고
기휠 주시며
깨닫고 돌아오기를
기다리고 위로하신다.

오래 오래
모든 일에
참으시는 주님
죄송합니다.
감사합니다.

약할 때

주님
약할 때
비굴하지 않게 하옵소서
약할 때
불평하지 않게 하옵소서
약할 때
상처받고 비뚤어지거나
쓴 뿌리가 내리지 않게 하옵소서
약할 때
교만해지거나
악한 마음을 갖지 않게 하옵소서

주님
약할 때
온갖 시선을 떠나
주님만 바라보게 하옵소서
약할 때
주님의 세미한 음성을 듣고
눈물을 머금고 위로하시는
주님의 친절한 팔에 안기게 하옵소서

주님
약할 때

있는 힘을 다하여
감사하게 하옵소서
그리고
여태까지 주신 은혜를
헤아리고 감사하며
주님의 강한 손을
꼭 붙잡게 하옵소서

주님
주님과 높은 산을 오른 후에
약함은 내 삶의 끝이 아니라
강한 주님의 손 붙잡고
여태 알지 못하는
산에 오르는 시작임을
만방에 간증하게 하옵소서.

약할 때
강한 팔로 붙드시고
내가 여태 알지 못한
크고 놀라운 은혜를 주시는
주님을 찬양합니다.

하와이 거친 해변의 꿋꿋한 나무

거룩의 훈련

울음 깃들인 저녁엔
애통하며 부르짖고
기쁨이 오는 아침이 되면
고통을 잊고 감사하는 것을
반복하는 것

고난 후
형통할 때
평생 변치 않을 것 같은
다짐을 하였으나

때로
주님께서 얼굴을 가리실 때면
오직 근심하고
짜고 뜨거운 눈물 흘리며
기쁨 주시는 아침을 기다리는 삶

세월이 가고
연단을 받고
은총을 입을 때마다
힘차게 찬송합니다
주님의 노염은 잠깐이요
주님의 은총은 평생입니다.

그리고,
거룩하신 주님께서
울게 하시고
웃게 하시는 것을 반복하신 뜻은
내가 거룩하니
너도 거룩하여야 함을
기억하며 감사하라는 것입니다.

이발

방금 전
내 몸인 머리칼이
나와 상관없는 것이 된다.

내 머리에 있는
머리칼이
1년 넘은 것은 없는 듯싶다.

자라고
차지하고
잘리고
사라지는 것의
반복이
인생이런가

시인(詩人)

내가 만들지 않았고
내 것이 아닌 것으로
나를 높이고
편 갈라
비방하고
무시하는 것은
하나님 권위에
도전하는 것이다.

하나님께서
지으신 외모
하나님께서
정하신 출생지
하나님께서
맺어주신 부모로
나를 과시하고
층을 지어 뭉개는 것은
하나님의 영광을 훔치고
우상을 숭배하는 것이다.

시인(詩人)은
하나님의 주권을
시인(是認)하고
수 톤(ton)의 돌에서
금 모으는 진지함으로
하나님의 영광을 모아
온 누리에 전하여야 하리라.

작은 감

교회 앞 감나무
잎 떨어진 가지에
달린 작은 감

비를 맞고
차가운 서리 내려도
감은
가지를 꼬옥 붙잡고 있네

눈이 펑펑 내리는 날
감은
맨몸으로 눈보라 맞으며
있는 힘 다하여
가지를 잡고 말한다.

밥은 먹었냐
건강 조심해라
병약한 어머니가
나를 염려하는 소린가
골고다 십자가에서
사력을 다하여
"다 이루었다"는
주님의 음성인가

겨울나무

꽃 피고
짙푸른 잎 그늘 되고
열매 주렁주렁
빨강 노랑 갈색 단풍들이
무리지어 떨어질 때
겨울엔
나무가 없는 듯 하였다.

그 겨울나무
가지들이
수(繡)를 놓고
까치와 노랠 부르며
구성진 창(唱)을 한다.

가늘디 가느나
촘촘한 잔가진
애길 감싼
엄마의 포근한 손
손녀딸 머리빗긴
할머니의 참빗이라

팔뚝 잘린 자리엔
해맑은 잔가지가
하늘 솟아 자랐고

위풍당당 거목(巨木)은
가지로 장단 맞춰
창을 부른다.

까치에게
보금자리 마련해 준 나무는
곧 넓은 잎 날 것이니
걱정말라 토닥이고
흰 도포 자락 펄럭이는 용사는
하늘을 배경 삼아
승리의 행진을 한다.

눈 내리면
모든 가지
제 모습 아낌없이
눈꽃으로 평화를 전하고
조선부터 지금까지 흥망성쇠 역사를
대문에서 꼿꼿이 본
수 백 년 고목(高木)은
다시는 봄이 올 것 같지 않은
삭풍이 불어도
지난날 역사를 펼치며
나를 보고
힘내라 웃는다.

요양병원, 해남, 영암, 남산, 용산공원

목마름

2월의 비

2월의 비는
봄비는 아닌 듯하다
그렇다고
겨울비는 확실히 아니다.

겨우내 움츠린
산천초목은
곳간에 감싸둔
봄 씨들을 꺼내고

산골 새냇물은
장조(長調)를 바꾸어
씩씩하게 흐른다.

2월에 내리는
봄을 맞는 희망이
미세먼지 대청소를 하고
겨울에게
잘 가라는 인사를 한다.

거룩

불철주야
주님 이름으로 뛰고
기라성(綺羅星) 같은
영적 영웅이
거룩하지 못하면
비참하게 넘어지는
비극을 봅니다.

거룩 없는 삶은
사랑이 없는 삶이니
사람의 방언과 천사의 말을 할지라도
소리나는 구리와 울리는 꽹과리가 되고
예언하는 능이 있어
모든 비밀과 모든 지식을 알고
또 산을 옮길 만한 모든 믿음이 있을지라도
아무것도 아니요
모든 것으로 구제하고
또 몸을 불사르게 내어 줄지라도
아무 유익이 없는
것이기 때문입니다.

오직 너희를 부르신 거룩한 자처럼
너희도 모든 행실에 거룩한 자가 되라

기록하였으되 내가 거룩하니
너희도 거룩할지어다 하셨느니라[1]

주님
거룩이
생명의 요체(要諦)임을
평생토록 명심하고
거룩이
성향이 되고
기질이 되게 하옵소서
겸하여
화평함을 주옵소서

모든 사람으로 더불어
화평함과 거룩함을 좇으라
이것이 없이는
아무도 주를 보지 못하리라[2]

제주도 설경

---

1) 베드로 전서 1:15-:16
   오직 너희를 부르신 거룩한 이처럼 너희도 모든 행실에 거룩한 자가 되라
   기록되었으되 내가 거룩하니 너희도 거룩할지어다 하셨느니라
2) 히브리서 12:14
   모든 사람과 더불어 화평함과 거룩함을 따르라 이것이 없이는 아무도 주를 보지 못하리라

휴지통

비우지 않으면
제 용량 쓸 수 없는 것이
컴퓨터 만인가

은밀한 구석에
채울 것 들어가고
버릴 때 버려야
제구실하는 휴지통이
밥상에 놓여 있다.

솔로몬이
헛되다며
밤새워 버린 쓰레기를
앞 다투며 지고가는 인생들

그 속에
나도 있으니
어찌할꼬

표지판

미국 곳곳에
주거지에 무덤이 있고
사고당하여 사망한 곳을
알리는 표지가 있다.

이 보다 훨씬 전에
주님께서
성경 곳곳에 매장지를 기록하셨고
쓰임 받다가 버린 사건을
가감 없이 표시하셨다.

주님
복된 말씀 동네에
죽은 자의 무덤을 두시고
살아야 했던 자가
속절없이 죽어
버림받은 교훈을
온 마음으로 깨닫고
온 힘으로 행하게 하옵소서.

미국 P 주택가 무덤

질투

그러면 안 돼
그 것은
비 신앙적인 것이야

말로는
축복을 하나
나이와 조건을 비교하며
시기, 질투가
마음속을 휘젓는다.

하늘을 보아도
마음은 땅에 머물러
배도 아프고
괜한 트집을 잡고 있다.

시기하면
울리는 꽹과리
아무것도 아닌 자
아무 유익이 없는 것을 알고도
시기 바이러스를
억제하지 못하면
마음 속
감사와 기쁨이 소멸된다.

질투는
부패하여
마음에 둘 수 없는
썩은 소원

항상 기뻐하며
쉬지 않고 기도하고
범사에 감사하여야
졸렬하고 옹졸한
시기, 질투에서
해방되어
하늘에서 땅을 보며
새 소망을 갖는다.

와이키키 야자수

수박

설익으면
호박보다 못한 것
푹 익어도
겉만 핥트면
무슨 소용 있으랴

통통 튀겨
붉은 속살 알거늘
사람 마음 색깔은
어찌 알리요

호박에
멋진 줄 그어도
수박 되지 않거늘
염색한 호박 들
수박에 뒤엉켜 누워있으나
누가 속으랴

원두막에서 호박 먹은 이 없고
수박 속살 말릴 수 없으니
서리 내려
무르기 전에
제 주인 불러
집 찾아가라.

꽃처럼

꽃 먼저 피고,
잎이 나는 꽃
꽃과 잎이 함께 피는 꽃
무성하게 잎 난 후
꽃이 피는 꽃
꽃도 순서가 있다.

여러 꽃들이 어우러져야
아름다운 꽃
한 송이, 한 송이 떨어져 있어야
제 모습이 나는 꽃

열매가 꽃에 가리는 꽃
열매를 위하여
제 모습은 희생하는 꽃

활짝 피었다
꽃잎이 싱싱한데도
어느 날 갑자기 떨어지는 꽃
꽃잎이 마를 때까지
질기게 붙어 있는 꽃

목련꽃
떨어지면 더럽게 되는 꽃
밟으면 즉시 추하게 되는 꽃
그래서 나중에 처음이 생각나지 않은 꽃

꽃잎이 작은 꽃
떨어져 꽃길을 만드는 꽃
밟아도 여전히 고운 색깔의 꽃
떨어진 모습이 또 다른 꽃을 만드는 꽃

동백꽃
떨어진 모습이
나무에 있을 때보다 더 힘찬 꽃
마치 "내게 가까이 오지 말라"는 소리와 같은 꽃
그래서 그 꽃은 감히 밟을 수 없다.

우리 눈에 들어오는
꽃 모양이
이렇게 다양하듯
하나님 형상 닮은
사람들 모습도
매우 다양하다.

서로 다른 모습의 꽃들이
공존하며
아름다운 자연을 이루며
서로 섬기듯이
사람들도 서로서로 사랑하여
서로 다른 하나님의 형상들이
어울리고 조합(組合)되어
이 세상에 아름다운
하나님의 모습으로
나타나기를 소망한다.

혈기

화를 낼
이유도 있고
필요하다고
확신하여
말을 뱉어냈다.

잠시 후
천사의 말을 하여도
혈기 부리면
울리는 꽹과리
산을 옮길 만한 믿음이 있어도
혈기 부리면
아무것도 아니고
내 몸을 희생하여 도움을 주려고 하였으나
혈기부리니
아무 유익이 없음이
마음을 때린다.

조금만 기다리고
1분만 기도하였더라면
그렇게
뱉어내지 않았을 것을

혈기 내어
본전 찾은 일이 있었던가
오호라
곤고한 나여

예수님께서
내가 혈기 내듯이
나에게 혈기 내시면
내 어디 가리까

아내

잠시 쉬고 있는 아내
평안에 누워
행복을 덮고 있다.

이마에 행복이 흐르고
입가에 기쁨이 넘친다.

나이가 들수록
믿음의 향기 그득하고
성숙한 미소가 얼굴 가득하다.

아내의 평안과 기쁨은
전적으로 나를 통해 전해질지니
나는 남편 된 도리를 위하여
몸과 마음을 꿇고 기도한다.

허수아비

아비는
아빈데
허수아비라

한 번은 속아도
두 번은 속지 않는
허수아비라

속는 자는 속아도
본인은
속이는 것 모르는
허수아비야

곳곳에
힘 있는 허수아비가
허수아비 탈 쓰고
허수아빌 욕되게 한다.

환갑(還甲)을 지나

이제는 환갑을 지나
눈 깜짝할 때 七旬역에 가는
급행열차를 탔다.

그 열차는
속도가 빠르고
정차역이 몇 없어
옆 사람 낯선 마을을
챙길 수 없단다.

부인할수 없는 것은
이제는 딱딱한 단감이 아니다
그래도 잘 익고 폼나는 떡감이다
까치가 먹기 전에
아주 추운 겨울이 오기 전에
변신을 할 기회가 있는 행운아

꽃감으로
푹 익은 연시로
사시사철 시원한 언감으로
변신하여

팔순을 지나
구십 무렵에
두 발 서고
양손 활짝 벌려 축복하고
천국 행진곡 부르자.

마음

거친 파도도
넓은 가슴으로 안을 것 같고
온 동네 돌멩이 모아
사랑방 만든다고 한
마음아

왜
돌부리에 넘어졌노
한 바구니 홍시(紅柿)들은
깨지고 흙범벅이 되었구나

쏟아진 물
무엇으로 담을 건가
담은들
시원한 생수가 될 수 있을까

끝 없는
하늘이 되었다가
간장 종지 된
마음을
나무랜들
커질까

눈감고
두 손 모아 기도한다.
하나님 마음으로
제 마음을 품어 주옵소서.

맑고 평온한
하와이 해안 초원

바다

바다는 쉬지 않는다
달도 없는 바다가
끊임없이 파도로
포효하는 목소리를 듣고 싶다.

사람들은
각자 깊은 잠자리로 가고
나 홀로
우렁차고 꾸짖는
바다 앞에
무릎을 꿇는다.

낮에 모랫가
넓은 곳에 새겨둔 이름
제법 그럴싸하게
쌓아둔 얼굴은
파도에 씻겨 흔적도 없으리

한참 후에
바달 지으시고
파도를 주관하시는
주님께서

내 마음을 닦으시고
힘주시어 적으신다.

바다 앞에서도
아무것이 아님을 깨닫는 자야
온 우주를 짓고 운행하는
내 앞에서 겸손하라
나는 너의 흔적을 모두
기록하고 기억하니
거룩하고
나를 보며 두려워말라.

태평양 연안 바다

Ⅱ

평화로운 동산

봄비

봄 이슬빈
보약

연두
분홍
흰색 목련에
라일락 향내 더하면
보슬비는
수채화

봄비 먹은
아지랭이
희망이 솟는다.
푸른 떡잎
꽃만큼 이쁜 날

양평 하이패밀리 입구

병원

웃음이 없는 곳
기다림이 일상이고
걸음걸이가 느리다.

한 켠에선
마음의 진액 묻은
위로와 사랑이
전등보다 눈 부시고

새 생명 맞은
아빠와 할머니가
쉴 새 없이 종을 울린다.

아가 안고 웃는 엄마의
땀, 눈물, 헝크러진 머리칼이
온 누리에
명화를 그린다.

하이패밀리 종(鐘)

5월

익은 봄
여름 문턱
연두 식구 잎새들
한 나무에 모였네

5월은
싱그러운 초록이
어린나무
고목 나무
온 누리를 감싼다

비탈 언덕
붉은 색 장미
작열한 태양 열기
산은 푸르고
강은 파랗다.

검찰청 벚나무

가을

가을에
인생을 논하면
낙엽일까?
잘 익은 감일까?

가을에
잔디밭에 누우면
파란 하늘이
아름다울까?
시릴까?

가을이기에
춥다고 겨울이 되지 않으며
더워도 여름이 될 수 없으니
오늘
이 시간이
주님의 선물입니다.

가을꽃

봄엔 연두 새악시
여름에는
모두 짙푸른 전사(戰士)들이었다

따가운 햇살
살을 에는 칼바람에도
그대의 색깔은
여전히 초록색이었다

귀뚜라미가
들녘에서 울고
마당에서 울다가
마루 밑에서 울고
방에서 울 때 쯤

나무들의 이파리가
노랑, 빨강, 갈색……으로
꽃이 된다.

단풍

단풍이 단풍인 것은
가을에 노랗게 익었기 때문입니다.
단풍이 단풍인 것은
태풍 장마를 이겼기 때문입니다.

낙엽으로 겨울 오기 전에
모두 떨어져도
기뻐하는 것은
몇 달 지나 봄이 오면
그 자리에 새싹이 돋기 때문입니다.

이 가을의 단풍
고목 같은 겨울나무
봄철의 꽃
태풍 장마에 떨고 있는 잎을
모두 본 나는
계절에 맞는 기쁜 소식을
자세히 전할 수 있습니다.

단풍이 64차례 바뀔 때마다
생로병사의 교훈이
모양을 바꾸어 다가옵니다.

나이 먹고 늙어갈수록
주님 계신 내 본향의
생명나무는
싱그럽고 향내 가득합니다.

미국 필라델피아 공원

목마름

가을 녘

여름 지나고
겨울 준비할
가을입니다

온갖 색깔 꽃들이
짙은 초록색에 함몰되다
각양각색 모습으로 부활하는
가을입니다.

가을이 지나면
봄 가을을 모르는 이가
모두 죽었다고 할
앙상한 가지들의
겨울이 올 것입니다.

그래서
가을은
여름의 수고를
감사히 거두고
인내할 겨울을
엄숙히 준비하는
계절입니다.

검찰청 언덕

첫눈

서설(瑞雪)
복되고 좋은 일이 있을 것을 알리는
눈이랍니다.

눈이 내리면
기쁨이 날리고
쌓인 눈 위에
낭만의 발자욱을 그리는 재미는
비할 것이 없습니다.

첫눈이
늘 즐겁고 기쁜 것이 되기를
소망합니다.

몸과 마음이 늙으면
눈은
매우 위험하고
마음 시리게하는
설움이었음을
보았기 때문입니다.

몸은 늙어도
마음은

성령 충만하여
피곤치 않고
독수리 날개침 같기를
소망하고 기도합니다.

겨울

겨울엔 묶이고
봄에 풀린다
여름에는 나르고
가을은 모으네

겨울 나무
그동안
잘린 흔적에
잔가지들의 위로가 보인다.

어름 호숫가 나무는
다가올
봄을 믿으며
잎 맞을 채비를 한다.

양평 호숫가

눈꽃

목화밭 눈꽃이
미영[3]같아
솜이불 지으려 했네

흰 꽃 지기 전
보라 꽃 피우고
달콤한 다래 익어
순백으로 피우는 모습
어머니 사랑 꽃이다.

솜이불은
시부모께 드리는 혼수품
오줌싸개 귀염둥이
큰 지도 그려진
추억이 되었네

솜처럼
보드라이 감싸고
오염되지 않는 순백이 그리워
눈꽃 이래도
목화 삼고 싶은 날이다.

목화밭, 목화,
눈 내린 목화밭

---

3) 목화의 방언

5월 8일

어버이날
이제는
선물드리고
카네이션 달아 드릴
양가 부모님 모두
천국에 계신다.

하늘은 푸르고
온 세상
초록으로 가득하나
내 마음엔
아쉬운 추억이 맴돈다.
그때 그 일을
지금 만났더라면
그렇게는 하지 않았을 것을........

그러나
감사합니다.
점점 철이 들어
주님의 교훈과 훈계를
한 걸음씩 깨닫기 때문입니다.

꽃바구니

아내 생일을 맞아
장미꽃
노랑 꽃
보라색, 초록
이름 모른 애들을 모으니
이리 봐도 예쁘고
저리 봐도 흐뭇하다.

물끄러미 보다가
찡한 마음에
하늘을 보다

주님은
나를
온갖 모습의 꽃이
만발한 세상에 데려가
바구니를 주셨다.

온 누리에 펼쳐진
꽃들과 나무, 풀들을
다듬고 엮으니

꽃은 풀 때문에 더 예쁘고
초록은 빨강 꽃으로
위풍당당하다.

내 아내는
어제, 오늘, 내일도
바구니에
사랑과 헌신을 담아
이쁘고, 행복한
꽃 바구닐 엮는
행복 기술자

부부

이길 수 없고
이기려고
설득시키려고
갖은 방법 다한 후에
져야만 이기는 챔피언을
깨닫게 된다.

사랑이 넘치면
일인용 침대가
넓은 초원
사랑 없으면
온 집이 방공호

내 남편이
나를, 나의 아내라 부르고
내 아내가
나를, 내 남편이라 부르면
우리는 부부다.

하와이 신혼 여행지

남편 눈 속에
아내가 없으면
내 편이 아니고
아내 마음에
남편이 없으면
내 안에 아무도 없다.

남편과 아내가
살을 맞대고
마음이 하나면
가정은
일광욕장, 산림욕장

마주 보면
웃음 벙벙
뒤를 보면
찡한 마음

내 눈 속에 아내가 있고
아내 눈 속에 내가 있음을
평생 바라고
고이 지켜야 하리라.

파주 접시꽃
검찰청 민들레

백전백패

험산 준령(險山峻嶺) 넘고
"할렐루야" 하다가
돌부리에 넘어져
다투고 있다.

"죽도록 사랑한다" 하면서
강아지도 안 물어 갈 것으로
티격태격하고 있다.

전반전은 내가 승리
후반전은 아내승리
백 전을 하여도
후반전엔 백패이다.

비디오 판독 보니
골대가 하나라
심판관 말씀은
부부는 한팀이라
이긴 자도 진 자도
모두 진 자라.

자식

어릴 때 자식은
함께
계단을 즐기며
오르게 한
엔돌핀

그 아이 때문에
넘어지지 않는
오뚝이가 되었다.

사춘기 자식은
쓴 보약
걔를 보고
부모님 은혜 감사하였지

자식은
공의로운 거울
부모의 결점을
기가 막히게 비춘다.

울고 웃다가
자식과 말이 통할 땐
품에서 떠나 보내야 한다.

검찰청 산책로

할배바보

바보
바보
바보라 해도
활짝 웃고
또 바보가 되는 할배

할배는
자식 귀한 것 모르고
철없던 아빠가
어린 자식 큰 자식
돌보느라 늙어버린 아내의
서투른 남편이
팍 곰삭은 성인(聖人)이다.

뼈도 없고
핏줄도 없는 싱글벙글이
주머니 털어도
또 줄 것 찾는 호인(好人)

할배 바보
온 마음의 미세먼지를
바보 되게 한다.

파도

바다가 웃는다.
활짝 웃고
또 웃는다.
나도 따라 웃는다.

바다가 소리친다.
힘내라
같은 소리 반복하나
싫지 않다.
힘이 솟아 오른다.

바다가 노래한다.
바다의 노래는
항상 4분의 4박자
걱정 근심 쓸어가고
용감하고 씩씩하다

온 천지가
음산하고 어두운 밤
파도는
이곳이
곧 해가 떠오르는
바다라고 속삭인다.

하와이 파도, 제주도 이른 아침 바닷가

목마름

잠수교

차가 간다
차가 온다
사랑이 간다.
사랑이 온다.

차가 가네
차가 오네
고독이 가며
고독이 오네

밤은 또 다른 낮
어둠 속 옹기종기 불빛
화목이 넘치고
웃음꽃 만발하거라.

강물은
오늘 추억을 모아
굽이치며
바다로 달린다.

차들이 달린다
밤이 따라 달린다
사람들이 달린다
다리 곳곳에
오월의 장미가 만발한다.

잠수교 야경(夜景)

그때는

아카시아 꽃
한 줌 따서 먹고
바닷 돌 새
꽃게 잡다 물리던 시절

휘발유 매연도 좋다며
택시 뒤따라 달리고
비 온 날 한 벌 교복
자동차 흙탕물에 젖던 시절

그때 하늘은
높고도 푸르렀고
바다 석양 노을은
진하고 넓었다

이제는
모두 지난 일
그때의 회상은
되돌릴 수 없게 된
그냥 추억일 뿐

그러나

그 시절의 앨범들은
삭막하고 여유 없는 오늘의
생수가 되고
보약이 된다.

목포대교

한강

한강이 온다
강원도 추억까지
갖고 온다.

한강이 가네
황해 지나
태평양도 가려나

한강에
큰 눈 뜬
차가 오고
빨간 꼬리 달린
차들이 간다.

한강이 흐른다
에너지가 솟아난다
시름과 걱정은
물보라에 녹고
평온한 불빛이
피어 오른다.

잠수교에서 본 한강

어머니, 아버지

참고
눈을 꽉 감고
꾹 눌러도
가슴 속 깊은 곳에서
눈물이 쏟아진다.

어머니
아버지
다 부르기도 전에
내 마음은 흐느낀다.

일부러
헛기침을 해도
충혈된 눈은 감출 수 없다.

다시
마음을 추스른다
내 눈물이
천국에서 메아리로 돌아온다.

하와이 바다

우리 잘 있응께
우리 걱정 말고
니 건강하고 잘 지내라.

추석

나이 들고
철이 나니
한가위 보름달이
제일 크고 둥그럽네

9월이 추석이니
한여름이 추억이고
한겨울은 염려없다.

두 끝이 합해지고
맛 향기 고물을
겉피가 꼬옥 붙잡고
함께 찌는 송편아
하고 싶은 말 좀 해라.

잘 생기든
못 생기든
오손도손 빚고 보니
송편마다 꿀맛이라
웃고 웃긴 덕담 속에
가을 달은 밝아간다.

나의 아내는

나의 아내는 내 몸입니다.
나의 아내는 내 마음입니다.
내 마음에 아내가 있고
아내 마음에 내가 있습니다.

그래도
그립고
보고 싶은 님입니다.

살면서
마음은 같아도
사랑의 모습이 달라지는
신비스런 짝입니다.

부부는
하나님 사랑의 통로
하나님 사랑을 비추는 거울
함께 하여서
하나님 의를 이루는 명품

하늘을 보아도
숲을 지나도
내 아내의
복스럽고 환한 미소가
나를 반긴다.

평화

양평, 구룡포

산은 산이고
강은 강이다.

산에 강이 흐르고
강에 산이 떠 있다.

내 마음에는
강은 산이고
산은 강이다.

더 사랑합니다

사랑합니다
내 아내여
더 사랑합니다.
내 아내 스텔라

더 사랑합니다.
나의 님
님의 나

색다른 아름다움을 보면
그대 향한 사랑에
얼른 꼽아둡니다.

처음보는 맛과 향내도
그대 사랑 수식어가 되고
그대의 기쁨은
내 온몸을 정화하는
피가 됩니다.

III

코로나 광야길

고통

때로는
고통은
등대의 불빛조차 보이지 않으나

믿음의 눈을 뜨게 하고
순종의 귀를 열어주며
감사의 입술을 회복케 하고

성난 파도 소리를 이기고
뱃속에서부터 나오는
기도를 회복시킨다.

제주도 겨울 바다

코로나 광야길

방 한 칸 광야
기도도 못 하고
찬양도 못 부르는 광야

차라리
풀 한 포기, 한 모금 물 없는
광야에서는
함께 손잡고
목청 높여 외치고
제 맘대로
걷다가
달리고
함께 웃으며
어깨 맞대고 드러눕기도 하였다.

왜
주님은
신체 중에
입을 가리고
띄엄띄엄 앉아
귓속말 못하고
홀로 가야 하는
코로나를 허락하셨을까?

눈보라치는 한강 주변

올림픽 공원

나무와
나무 사이에
힘이 흐른다.

하늘 아래
나무 위
나르는 여름

빈 벤치에
흐르는 고독
얼마 전 저곳은
깨소금 쏟아졌던 곳

다시금
벤치가 반짝이고
아이들 공차는 소리
떠들썩한 그날이 왔으면

마스크

답답하나
불안하여
마스클 쓰고
정신없이 달린다.

마스크 만
벗기를 바랐는데
마스크 벗고 보니
곳간이 비어있네

주님
불쌍히
여겨 주옵소서.

코로나를 보며

마음이 있어도
해줄 수 없을 때가 있고
능력이 있어도
아무것도 못할 때가 있다.

만반의 준비를 하여도
문이 닫히면
기회가 와도
문을 닫으면
물끄러미 보아야 한다.

때를 얻든지 못 얻든지
내 자리를 지키고
주님께 모든 것을 맡기며
살아야 한다.

봄

봄이 오는데
마음은
눈 없이
삭풍만 부는 겨울이다.

봄 꽃 피는데
꽃구경 피하여
마스크 쓰고
총총걸음 한다.

꽃 구경

봄이 와도
봄 같지 않고
4월은 잔인한 달이라는 오명이
2020년 봄에 붙여진 것인가
밖에 핀 꽃들이
질 무렵에서야
뒷동산에 올라
기지개 펼라나

안방에 핀 꽃을 보소
양귀빈가
할미꽃인가

그래도 봄은 간다
한여름 그늘 만들
나무는 티 없이 자란다.

겨울비

비가 내리니
한강 공원이
텅 비어있다.

비는
사람들을
집으로 가게 한다.

집에 간다는 사람들의 마음도
집에 있을까?

마음이 잘릴 못 잡고
품을 것 품지 않거나
쉬 상하면
인생은 苦海

하나 뿐인 마음이
집에서
가족을 품고
하나님 사랑에 담겨져 있으면
보석 중의 보석이리라.

기도할 수 있는데

2020202
2020년
2월 2일
매우 뜻깊고
흥미로운 날

코로나에 묻혀
온갖
걱정 근심 두려움 속에
잊고 지내다
하루가 지날 무렵
이날을 알게 되었다
알게 되자
지나가 버린 날

정신을 차리니
분노와 격정 속에
흘러가고 날아 간 보물들이
한둘이 아니었다.

잠시
멈추고
기도한다.

기도할 수 있는데
상상할 수 없는 응답을 주시는데
걱정 근심 두려움으로
소중한 하루와
감추인 보화를 잃는 아둔함은
이것으로 멈추자.

잘리고 잘려도

모두
꽃을 찾아
웃고 사진 찍고
아름답다 야단이네

봄이 되면
산에 들에
꽃 노래 뿐인데

잘리기도 많이 잘렸네
작년에 수고한 모든 것이 잘렸으니
꽃나무는 전성기
가로수는 수난기

허리에는
해마다 잘린 부분이
굵은 흉터되고
가리개도 없이 벗겨졌구나

싹둑 잘린 상처
비까지 내리니
쓸쓸하기까지 하나
가로수는

제자리를 지키고
또 다시
잘린 가지 새로 싹을 내고
넓은 잎을 키울 채비를 한다
상처입고
수고한 업적이 흔적없이 잘려도
툴툴 털고 일터에 나간
가장(家長) 처럼

알고 보니
도시를 지킨 것은
아무도 배경 삼아
사진 찍지 않은
잘리고 상처투성이
가로수였네

IV

저 높은 곳을
향하여

동백

동! 백!
부동자세로
거수경례하는 폼이다.

눈 보라 치는 날
진 녹색 이파리
흐트러지지 않는 붉은 꽃
위풍당당한 진노랑 꽃 술
또 다른 명품을 연출한다.

고택(古宅) 앞마당엔
올곧은 선비
외 딴 섬 바위 옆은
등대지기

대나무 숲 앞
비탈 언덕 동백은
힘내라!
변치 마라!
전진하라!
외치고
가까이할 수 없는
유화(油畵)를 그린다.

영암 영산재 호텔

고지를 향하여

쉼 없이
전진하고
더 빨리 도착하는 것이
성공이라 외치는데

자꾸
주저 앉고
힘들다는 탄식이
들려옵니다

아프고
외롭다는데
무조건
안아 주면 안 되는가요

지치고
더 이상 갈 수 없다 하는데
잠시 걸음을 멈추면 안 되는가요

태백산 눈

눈은 축복(祝福)입니다.
하나님께서 하늘에서 내려주시기 때문입니다.
눈은 세상 복(福)과 비슷합니다.
사람을 행복하게도 불행하게도 하기 때문입니다.

하나님께서
눈을 흰색으로 지어주심을 감사합니다.
하나님께서
눈을 녹도록 지어주심을 감사합니다.
눈은 쌓여 눈꽃을 피우고,
눈은 뭉쳐 눈길을 내게 하고,
눈은 녹아 산천초목(山川草木)을 섬깁니다.

눈은 때 묻지 않은 시골을
더 아름답게 하고
온갖 때로 찌든 도시에는
궂은 오물이 더 드러나게 합니다.
그렇기에 눈은 또 하나의 공평(公平)함입니다.

태백의 눈은 우아하게 쌓여 장관(壯觀)을 이루고
온 세상에 엄숙하나 평온한 평화를 주고
순백(純白)의 몸을 녹여
생명을 움트게 합니다.
그와는 달리, 도시의 눈은
교통체증(交通滯症) 애물단지
땅에 닿자마자 염화칼슘 세례(洗禮)받고
온갖 오물 뒤범벅되어
속절없이 하수구로 사라집니다.

눈은 거룩함을 깨닫게 합니다.
흰색으로 하나 된 온 세상의 아름다운 것을 보여주기 때문입니다.
눈은 용서를 가르쳐줍니다.
온 세상의 갖가지 쓰레기를 모두 덮어주기 때문입니다.
어떠한 형체(形體)도 아름다운 작품으로 만들어주는 눈은
모든 것을 합력하여 선을 이루시는 주님 사랑을 보여줍니다.

주님,
눈처럼 변함없이 희고
눈처럼 쌓일 때 쌓이고, 녹을 때 녹으며
눈처럼 빈부귀천, 남녀노소를 모두 섬기고
제 몸으로 오염된 공길 정화하며
제 몸 녹여 새 생명 잉태에 쓰임 받게 하옵소서.

제주, 영암 영산재 호텔, 하이패밀리 계란교회

비

익은 봄
비가 내린다
잎은 여물고
꽃술마다
송골송골 애기 열매

비가 내리면
하늘은 회색
대진 초록 물결
산기슭에
물안개 피어오른다.

이 빌 맞으며
내 마음이
품어내는
아지랑인 무엇일까?

가평의 아침

고난

문제가
미제(未濟) 그대로
남아있는 것
없었습니다.

난공불락(難攻不落)
난제도
반드시 끝이
있었습니다.

새로 당한 시험은
여태 겪은 힘을 다하여
통과하여야 하는
종합시험이었습니다.

일을 행하시고
일을 지어 성취하시는 주님
부르짖는 것을
응답하시고
여태 알지 못한
크고 비밀한 것을
보이시는 주님

고난은
기적을 체험할
절호의 기회
찬양할 하나님의
새 이름을
부르게 하는
선물입니다.

서울중앙지방법원

목마름

끝은 시작의 다른 말

때로는
험산 준령(險山峻嶺)에 갇혀
비명을 지르기도 하였다.
앞이 보이지 않고
파도 만 넘실거리는
큰 바다 가운데 있는 것 같기도 했다.

그러나, 이제 보니
험한 산도
반드시 봉우리가 있고
그 봉우리를 기점으로 꺾여 있다.
산과 산 사이에는
강과 평야가 있다.
땅은 반드시 끝이 있다.
그 끝은 바다의 시작이다.
어느 바다도
땅에 닿지 않은 곳이 없다.

알파 오메가
처음 나중이신
하나님께서
시작하신 것은
반드시
크고 놀라운 끝이 있다.

가방

여행을 마치니
가방을 싸야 한다
떠나야 하기 때문이다.

여행을 왔기에
가방을 풀었던 날이
훌쩍 지나갔다.

가방을 싸야 하니
섭섭하더라도
많은 것을 버리고
남은 사람에게 주어야 한다.

쓸모 있다고
값이 나간다고
먹을 수 있다고 하여
모두 내 가방에 넣을 수 없는 것

내 인생에
큰 가방 싸고 푸는 것을
수십 차례 하면........

그 때는
내 스스로 가방 싸지 못하고
주님 향한
믿음의 가방 갖고
나 홀로 천국 가야한다.

가방 싸고
푸는 것은
천국행 가방 싸는
훈련이리니
하늘 나르는 이 순간 하늘이
유난히 높고 푸르다.

깨어 있음

거울을 보니
꽤 잘 생겼다
목소리 매력적이고
위풍당당 상남자 같으니
으쓱할만 하다.

마라톤은
제 스스로 미끄러지지 않는다
높이뛰기 선수가
옆 선수에 부딪혀
넘어진 법은 없다.

음란 방탕한 세상
기라성 같은 거목들이
미끄러지고 부딪혀
속물보다 못하게 추락하고
퇴장하고 있다.

주님
최소한 넘어지지 않도록
깨어 있게 하옵소서
부딪혀 쓰러지지 않도록
부딪힐 소지가 있는 것들과 곳들을
모두 마음 깊숙이
멀리하게 하옵소서.

비행기

비행기 타면
미국에 간다
내가 하는 일
할 수 있는 일은
비행기 안에서
앉거나 눕는 것밖에 없다.

천국 가는 길
주님 안에 있으면 간다
내가 할 수 있고 하는 일은
항상 기뻐하고
쉬지 말고 기도하고
범사에 감사하는 것이다.

내가 동분서주하고
큰 소리 소신껏 외쳐도
비행기 안에서 뛰고
소리친 것에 불과하니

일의 작정
일을 지으시고
성취하시는 분은
오직 주님이시다.

소망

철이 들수록
소망의 모양과 빛깔이
달라집니다.

세상 소망은
노년이 되면
누렇게
쭈그러드는
바람 빠진 고무풍선

천국시민의 소망은
나이가 들수록
팽팽하고
싱싱한 초록

그러나,
우리들도
때로는
길 잃고
밤길 더듬을 수 있으니

이 산, 저 산에서
다 왔다

힘내라
응원하고
서로서로
생수, 빛의 통로가
되어야 하리라.

한약

국제선 비행기
차가운 한약을
가슴에 품어
덥히고 있다
차가워 내 몸 되기에
부적절하여
내 몸으로 삼기 위하여
오싹함을 달게 참고 있다.

고난이 내게 유익이라
고난이 나에게 양약이기에
기도로 덥히고
감사함으로 마시고 있다.

겸손

잠언 22장4절
겸손과 여호와를
경외함의 보상은
재물과 영광과 생명이니라

겸손은
끝없이 걸어야 하는
이정표 없는 길

여호와를 경외함은
목숨이 다할 때까지
오르고
또 올라야 하는 산

재물
영광
생명을 누린 후
겸손과 여호와를 경외함은
낭떠러지 절벽의
약한 울타리

모양도
끝도
한계도 없는
겸손, 여호와를 경외함

주님의 뜻, 길

주님의 뜻대로 살고
주님의 길을 가고 싶습니다.
주님의 뜻, 길이
그립고도 그립습니다.

주님의 뜻이 아니면
단호하게 접고
주님의 길이 아니면
천만금이 눈앞에 있어도
뒤도 돌아보지 않고
떠날 믿음을 주옵소서.

헛된 뜻을 쫓고
길 잃고 헤매던 시절에 느낀
두렵고 무서웠던 추억을
늘 간직하게 하옵소서.

주님의 뜻은
최상이고
주님의 길은
최고입니다.

목마름

때로
그 길에 자갈이 깔리더라도
강하고 담대하게
십자가 굳건히 붙잡고
나아가
반드시
승리하게 하옵소서.

감사

좋은 것이어도
내 것이 될 수 없는
경우가 있고
나쁜 것이
때로는 내 곁에 있고
내가 싫어하는 것이
내 속에 있을 수 있다.

감사는
네 것을
내 것 되게 하고
시기(猜忌)는
내 것도
누리지 못하게 한다.

감, 사과

사과를 다른 과일과 함께 두면
사과의 에틸렌 가스로 인해
다른 과일이 쉽게 무르기에
사과와 함께할 수 없다네

떫은 감을
사과와 함께 두면
사과의 에틸렌 가스가
감을 푹 익게 하고
사과도 떨 썩게 되기에

감과 사과의 조화
감사합니다
사과합니다
이 두 가지만 있으면
사회가 썩지 않고
서로 푹 익어 간다는 교훈을
배우고 깨닫습니다.

고난의 맛

부모님과 장인께서
천국 가시고
내가 60이 되는 날
장모님
천국환송 하면서
깨닫습니다.

나의 고통이
이웃의 아픔을
상세히 알게 하는
현미경이 되었고

견디기 어려운 고난은
하나님께 상달 되는
간절한 기도의
사닥다리가 되고
순도 100%의 믿음을
갖게 합니다.

노출되기 꺼려했던
열등감들은
세속에 물들지 않게 하고
함부로 살지 않게 한
밧줄이었습니다.

나에게
고난의 모습으로
왔던 것들은
나를 넘어
이웃과 세상을 보게 하고
천지 만물을 지으시고
전지전능한
하나님을 바라보게 한
망원경이 되었습니다.

지나온 모든 것들이
감사할 뿐입니다
앞으로 될 것들도
모두 감사할 것이 될 것이기에
오늘 기뻐할 것입니다
오늘 만나는 모든 것을
근심하지 않고
기쁨과 감사의 근원이신
하나님께
감사함으로
기도할 것입니다.

롯데타워 120층 전망대애서 본 서울의 야경

밤바다

새 곳에 가면
일출 일몰을
학수고대한다.

떠오를 해를
골몰히 기다리다
태양을 도는 지구인이
365일 반복적으로
접하는 자연현상이
우상이 된 것을 깨닫다.

바다는
내가 온 길을 설명하고
내 갈 길을 보여준다.

눈에 보이는
바다의 끝은
낭떠러지가 아니라
새 바다가 연속되고
마침내 육지에 다다름을
전해야 한다.

바다에 부는 바람에
거센 파도가 일더라도
돛을 바람에 맞추고
보드를 붙잡고
파도에 몸을 맡기는
얘기를 하여야 한다.

밤바다도
해가 떠오르면
낮 바다와 같은
바다에 불과하고
하나님의 은혜는
고해 같은 바다를
복의 창고가 되게 하심을
전해야 한다.

구룡포 바닷가

산길

산 밑에
꽃들과
다듬어진 나무들이 있다.

산중턱까진
도로가 닦여
그 길을 따라가면 된다.

도로가 끊긴 산속은
내가 걷는 곳이
길이 된다.

나 보다 앞선 이가 있으면
그를 뒤따라가지만
그가 길을 잃으면
길은 길이 아니다.

나 홀로 걷는 길
나뭇가지에 찔리고
뱀이 위협하여도
정상을 향하여
한 걸음씩 간다.

길을 잃거나

길이 아닐 성 싶으면
무조건 가는 걸음 멈추고
바위에 앉아
기도하여야 한다.

여태 올라온 길이
제 길이 아니면
과감히
해가 지기 전에
갈림길로
내려가야 한다.

뛰는 이가
때로는 넘어진다
산길 오르는 이가
길을 잃기도 한다.

더딜지라도
꽃길이 아니어도
정상을 향하여
오르고 또 올라야 한다
현재의 고난은
장차 나타날 영광과 족히
비교할 수 없도다.

붕어빵 인생

밀가루 계란 우유를
잘 섞어 붓고
삶아 으깬 고구마와 팥을 넣어
잘 구워 만든 붕어빵

타지도 않고
설지도 않고
잘 구워진
붕어빵

우리 인생이
잘 구워진
붕어빵 되기를
소원한다.

다양한 세상사를
맛있게 하나로 굽고
원하는 사람마다
부담 없이 즐기고
행복해하는
붕어빵 인생

길

좋은 것이라고
모두
내 것이 될 수 없다.

좋은 것으로
둘러 싸여 있더라도
길이 없으면
혼란스러울 뿐이다.

절제 없는 풍요
넉넉하지 못함 속의 절제
모두 빈곤함 뿐이다.

착해도
의롭지 않거나
의로워도
착하지 않으면
모두 진실하지 못하다.

길이
진리 가운데
진리를 향해야
생명이 있다.

구름

구름 아래서
구름은 그저
사라지는 조각으로 보았다.

구름 위에서
구름을 보니
구름에도 결이 있고
층이있고
깊이와 높이가 있다.

잠시후 사라질 구름에
평생 느끼지 못한
신비가 있으니

하나님의 형상대로 지음 받은
인간의 속사정과 마음을
나 자신도 모르는
내 마음으로
어찌 알리요

겸손은
끝이 없고
측량할 수 없는
세상을 보는 눈이다.

인천공항에서 아틀란타공항을 가면서 촬영한 구름의 모습

휴식

설교 마치고
아내와 식사 후
군포 뜰에 누웠다.

주님의
은혜와 평강이
온몸을 덮는다.

오늘을 감사하고
내일을 꿈꾸는
현재는
기쁨과 감사를 엮어
두 손 들어
주님을 향한다.

꽃

꽃은 환하고
하늘은 푸르다.

꽃은
하늘색이 없고
꽃색깔은
하늘에 없다.

제 색
제자리
꽃은 익어가고
하늘은
높고도 넓은데

제자릴 떠나
변색을 하고
어둡고
좁은 구석을 찾는
군상들아

차

차가 간다
사랑이 간다
미움도 가는 것 같다.

미움이 가는 차에
용서를 태우면 안 될까?

시

시는 사랑
흐르는 사랑을
예쁘게 묶으니
시가 웃는다.

사랑하면
온몸의 움직임이
시구가 된다.

사랑으로 엮어진
질서는
생명이 흐르나
힘으로 눌러진 질서는
균형을 잃으면
미움과 복수의
서곡일 뿐이다.

말

말은 때로는
덮는 이불이 되기도 하고
이불을 벗기기도 한다.

말은 때로는
붕대가 되어 상처를 싸매주다가
붕대를 자르는 가위가 되기도 한다.

말은 때로는
배부르게 하다가
먹고 마신 것을 토하게 한다.

그러나
경우에 합당한 말은
아로새긴 은쟁반에 금 사과 이기에
모아 놓으면
"그렇지 그렇고말고"로 환호한다.

고난, 축복의 변형

인생은
아프든
아프지 않든
주님 계신 천국으로
종종걸음 한다.

인생의 앞길은
주님의 섭리고
그 뒷길 발자취는
내 발로 그리는
내 몫이다.

천국 가는 길
잠시 멈추어
떼는 것, 잃는 것들의 별명은
고난과 불행이란다.

주님 표정 바라며
하늘 우러러
눈을 감으니
그것들은
끝까지 완주하라는
축복의 변형(變形)이랍니다.

서울 수락산

V

주님의 위로

휴식

잠수교 중간에
차를 세우다
한강은 쉼 없이 흐르고
차들은 눈에 불 켜고
말없이 달린다.

하늘은 검은색 수채화
먼 곳 집마다
불빛 싹이 트고 있다.

잠시 보니
어제의 한강 물은
보이지 않는다.
모두 경기도 강원도에서
사연을 갖고
서울을 흐른다.

인생은
과거를 붙잡기에는
너무도 바쁘다.
그러나

어제는 꼬리에
오늘을 붙잡고 있으니
어제와 오늘은
하나이리라.

석양 노을 한강

기다림

기다리라고 하시는 주님
기다리는 우리

기다리게 하시는 주님
기다리다 지치지 않도록
때마다 은혜를 주시는 주님

천국에 이를 때까지
기다리며 나아가야 하는 우리
천국은 기다림이 없는
안식처 이리라.

경북 풍기에서 만난 제비

야구(野球)-인생

야구는 인생의 4컷 만평(漫評)
순간의 실수는
실투(失投)로 무너지는 투수
깨어 근신하지 못한 영웅의 말로는
방심한 실책(失策)이
시청각(視聽覺) 교육이다.

그러나
9회 말 2 아웃
3점 차로 지고 있는 상황에서도
역전이 가능하고
만루 홈런을 치면
홈런 주자는
만세를 부르며
"이겼다"를 외친다.

때로
내 인생이
악한 꾀를 이루는 자에게 눌려
패색(敗色)이 짙을지라도
여호와를 의뢰하고 선을 행하는 주자(走者)
여호와를 기뻐하는 주자
내 길을 여호와께 맡기는 주자로
만루(滿壘)가 되면

여호와 앞에 참고 기다려
힘껏 배트를 휘둘러
역전 만루 홈런으로
밤하늘에
정오의 빛 같은
팡파레(Fanfare)를 그릴 수 있다.

수몰(水沒)당할 바다와
살기등등한 이집트 군대를
이기게 하신 홍해바다 기적
날이 저물어 가는 빈 들에서
베푸신 오병이어 기적
큰 비난을 받을 상황에서
오히려 칭찬을 받게 하신
가나 혼인 잔치 기적을 베푸시고

골고다에서
온 목숨 다하여
"다 이루었다"고
선포하신 예수님은
9회 말 2 아웃 3점 차로 뒤진 것 같은 인생을
역전하게 하시며
합력하여 선을 이루시는
영원한 기쁨이고 소망입니다.

쇼윈도

간다
달린다
초록도 있다.
그러나
숨결은 없다.

하나님
예수님
성령님을 말하면
다 안다고
손사래 친다.

모두
외롭고
세상이 잘못되었다 한다.

모든 것 버리시고
나를 살리신
주님 사랑 깨닫고
그 사랑의 조각이라도 붙잡고
내 이웃을 섬기지 않으면
손가락질 아우성
텅 빈 마음
머리 둘 곳 없으리.

이대로 살다
죽기보다 싫은 마음으로
죽음에 끌려갈 순 없잖은가

인생의 고난은
엘리 엘리 라마 사박다니에
모두 들어있다.

얼룩

럭주가 매트에
오줌을 쌌다
얼룩이 진 후에 닦아서인지
아침에 멀직이 보니
얼룩이 가관이다.

어제 밤엔
저 얼룩이 없었는데

훤한 아침
멀직이 떨어져보니
얼룩이 없던 것이 아니라
못 본 것이었다.

주님의 빛으로
멀리서 보이는
내 죄와 허물은?

머언 하늘을 보며
기도한다.

백합

기도실에
백합을 꽂아두고
새벽, 아침, 출근길에
여러 차례
꽃이 피었는가
살펴본다.

그러나,
백합꽃은
여전히
열리지 않는다.

퇴근 후
또 살펴보다가
눈을 감는다.

주님께서
나를 보시고
꽃이 피기를
얼마나 기다리실까?

땅거미

총천연색 군상(群像)들이
흑백으로 현상(現像) 되고
낮이 밤에게로 간다.

불안하고
외로운 이들은
밤은 또 다른 낮으로
가는 길목인데도
다시는 오지 않을
어둠이라며
이 맘 때를
두려워 한다.

밥 짓는
굴뚝 연기처럼
이곳 저곳
환한 등불
또 다른 낮 되어
옹기종기 마을 된다.

불 켜진 곳마다
작은 마을
사랑 넘치는
낮이 되거라.

미국 객지에서 맞이한 석양(夕陽)

눈(雪)

눈을
눈(眼)으로 느끼고
눈(眼)으로 환호하다.

눈을
온 맘에 담고
함께 뒹구니
눈사람이 웃는다.

눈은
가슴에
하얗고
따뜻한 추억을
머금게 한다.

나무

잎이 없어도
나무는 나무다
꽃이 없어도
나무는 나무다
꽃과 잎이 없어도
나무 중의 나무는
겨울을 지킨다.

잎이 떨어지고
꽃이 사라져도
제자리를 지키는 뿌리가 있기에
광풍도 나무의 흔적을 지우지 못한다.

나무가 나무이기에
새싹은 그늘이 되고
꽃은 열매가 된다.

나무를 나무 되게 하신 주님은
나를
잎이 마르지 않고
열매 가득한
움직이는 나무로 키우신다.

내 강아지

99.9% 죽을 것 같은
녀석이
살아나
살이 빠지고
기력이 회복되니
명견이 되었다

하자가 많아
어수룩한 애를
동물병원에서
거저 데려와
한 방에서 살았다

자타가 공인하는
진짜 명견들이
위풍당당 소개된다
그러나
내 마음은
이미 채널을 돌렸다

나 없이 살 수 없는 아이
나 떠나면 불행하여
죽는 애가 미안하여

눈을 돌리고
애는 어떠한 놈과도
바꿀 수 없다며
아이를 쳐다본다

질서의 기본은
힘이 아니고
사랑이어야 하리라
힘없는 녀석이
짖는 것은 법이고
식사를 거절하는 녀석에게
통사정하면서

주님의
눈가에 맺힌
눈물을 본다.

온 나라, 온 누리

새싹과 새 꽃을 맞이하기 전에
대선을 마치게 하신
주님의 뜻을 알게 하옵소서

올 봄에도
변치 않고 제 색 따라
필 꽃, 새싹을 바라보며
한결 같은 주님의 은혜를 깨닫게 하옵소서

주님
부르짖나이다
애통하고 두 손들며 간절히 부르짖나이다
보수, 진보, 영남, 호남이
성령 안에서
착하고 의롭고 진실한 백성으로 거듭나고
진퇴양난의 국사(國事)에
홍해바다 기적을 내려 주옵소서

예수님의 보혈이
강물처럼 흐르는 나라
택하신 족속
왕 같은 제사장들이
하나님의 아름다운 덕을

온 나라, 온 누리에
선포하는 나라 되게 하옵소서

죽은 자를 살리시고
없는 것을 있는 것처럼 부르시는
만왕의 왕,
예수님의 이름으로 기도합니다.

나는 모릅니다

그 사람
좋은지, 나쁜지
알고 싶지만
나는 모릅니다.

저 사람
실패했다고
뒤돌아서도
승리의 길목에서
주님께서 업고 가실지
나는 모릅니다.

이 사람, 저 사람
왼편 오른편
갈라두며
구원을 얘기해도
누가 십자가
왼편일지 오른편일지
나는 모릅니다.

나도 나를 모릅니다.
나도 모르는 내가
남을 알 수 없습니다.

그러나, 안다고 하니
알다가도
모를 일입니다.

나도 모른 나를
아시고
회개하라
두려워 말고 견디라
피하라
기도하라
가르쳐 주시는 주님
위대하십니다.

저녁 종소리

하루를 닫는
저녁 종소리
때로는
두렵고
낮이 닫히고
어둠 속에 갇히는 소리

해만 보면
어둠 덮인 세상은
아무것도 없는
절망과 고독

그러나
저녁 종소리에
하루를 셈하고
새벽 종소리를 기다리면
어두운 저녁은
밝은 내일을 가는
또 다른 낮이리라

주님 품
저녁 종소리
수고하고

무거운 짐을 맡기고
쉼 얻는 종소리

주님과
매일
저녁 종소리 울리면
영원히
밤이 없고 찬양 가득한
내 본향에 이르리라.

비 값

제법 많은 비가 내린다
몇 일 동안 온 나라를 괴롭힌
산불이 멈춘다

환산할 수 없는
비용, 수고로도 진화(鎭火)하지 못한
산불을 멈추게 한
봄비의 값은 얼마인가?

인위적으로
온 누리 산천초목의
싹 티우고
꽃 피우며
열맬 맺게 할
비용을 계산해보았는가요?

주일 아침
애타게 갈망(渴望)한
비를 보며
천지 만물 지으시고 운행하시는
하나님의 은혜에
무한 감사드린다.

고해, 푸른 초장

건강하고 부유하며
평안하고 칭찬받고
막힘없이 살고 싶으나

때로는
내일을 바랄 수 없는
아픔이 다가오고
일용할 양식이 기적이 되는
궁핍할 때가 있으며
앉을 수 없고 설 수도 없는
불안함이 엄습하고
뭇시선이 따가운
비난과 부끄러운 소나기를 맞을 수 있으니
쓰리고 아픈 매사가 사방으로 막힌 인생을
고해(苦海)라고 하였던가

고해 같은 인생길이
푸른 초장 쉴만한 물가가 되었으니
아파도 아프지 않은 것처럼 뛸 수 있고
일용할 양식을 주시는 주님을 믿으니
일용할 양식을 당연히 여기고
주님 품 안에 내 모든 것 의탁하니
세상이 줄 수 없는 평안과 기쁨 속에 거한다.

참새 무죄

새장 안 참새
무죄
새장은
참새 벌하는 곳 아닌
참샐 보호하는 곳

인간의 삶
하나님 예비하신
새장 아닐까

새장 같은 환경
감사하면
죽음에서 살리신 주님의 은혜
불평하면 망망대해 苦海

세상은
온통 갖은 구실을 대며
새장을 예비하신 주님의 뜻을 모르고
원망, 불평하거나
새장과 치열하게 싸우고 있습니다.

주님
새장 같은 환경, 사람과 싸우지 않고
그 환경을 주신
주님의 뜻을 깨닫게 하옵소서.

호박

밭 귀퉁이서 자라
집 구석에 쌓여도
방긋 웃는 호박아

그대는
꿀벌에게 잔칠 베풀고
넝쿨, 보드라운 잎, 애호박을
아낌없이 밥상에 주었다.

따갑고 강한 햇빛 벗 삼아
탐스럽게 익은 호박아
영양 듬뿍 담은 속살
촘촘히 감싸여진 씨앗은
엄마 품속
포근히 안긴 애기 눈망울

겉과 속 색깔이
같은 호박은
겸손,
한결 같은 마음 꽃을
또 피운다.

낙엽

앙상한 가지 사이로
겨울이 흐른다
철 지나 떨어진
잎 자리엔
새 추억이 새겨진다

파란 하늘
회색 구름은
두툼한
솜털 이불

씩씩한 억새들이
힘내라고 손짓하며
겨울을 맞이한다.

서울 강남, 양평 두물머리

VI

최후승리

성전정화

당시 종교지도자들은
무늬만 수박들이었습니다.
그들은 수박의 산지(産地), 모양, 크기만 논하고 있었고
수박의 맛은 전연 모르고
알려고도 하지 않았습니다.

예수님께서 수박의 속 색깔이 빨갛다 하시면
거짓말이라고 치부하고
수박을 깨뜨려 먹어보라 하시면
"네가 무슨 권세로 수박을 깨느냐?"고
힐난(詰難)하였습니다.

수박의 참맛을
보고 싶은 여인은
아무도 없는 시각에 우물가에 나왔고

수박의 단맛을 맛본 여인들은
옥합을 깨고
십자가를 함께 지고 골고다 언덕을 올랐습니다.

예수님께서
모진 고난 당하시고
십자가에서 온 피를 쏟고

"내가 다 이루었다"
선포 하실 날이 다가오는데......

성전에서는
"유월절 대 성회"
선전문이 걸리고
짐승과 사람이 뒤섞여
아비규환(阿鼻叫喚)

정성껏 기른 양(羊) 중 최상품을 골라
며칠 걸려 데려오며
"양아 너를 제물로 드리게 되어 미안하다."
눈물짓던 성도에게
검시관은
"이 양은 제물드리기에 부적격 품이니
이곳에서 파는 양을 사라"는 판정을 내리고
"이곳에서 양을 살 돈이 없다"고 하는 성도에게
"돈 없으면 집에 가라"고 하는구나

무리들은
제물 사고
환전하여 의기양양(意氣揚揚)
맹인, 저는 자는

성전 벽에 숨어
눈물짓고 있는데........

예수님께서
무늬만 수박들을
모두 엎으시고
숨죽여 숨어있는
맹인, 저는 자에게
시원한 수박을 먹이시며
완벽하게 치료하셨다.

길이요
진리요
생명이신 예수님
십자가에서
"엘리 엘리 라마 사박다니"
절규하고 죽을 나를 위하여
다 이루시고
부활하시어
하늘과 땅의 모든 권세를 갖고
세상 끝 날까지
저를 성전 삼아 함께 하시는 주님

주님께서 성전 삼으신
제 마음에
검시관, 환전상이
없게 하시고
생명수가 넘치게 하옵소서.

고난의 신비

태(胎)에서부터
야곱을 그분에게로 돌아오게 하신
나의 하나님은 나의 힘
이방의 빛
형언할 수 없도록 멋있고
지난날의 어리석음을 생각하게 하는
그림 같습니다.

내 힘과 능력으로
모든 것을 할 수 있다고
오만 방자했던 시절

나는 아무것도 할 수 없고
나 홀로 살 수 없다는 것을
뱃 속 깊은데서 부터
고백한 날

그 날은
절망이 아니었고
태(胎)에서부터 나를 부르신 주님의 은혜
나의 힘은 오직 하나님께서 주신 힘임을 깨달았고
이리 막히고 저리 뒤틀린 것은
수많은 연단 중에

야곱을 변화시키고 이스라엘로 세우신
하나님 사랑의 과정임을 깨달았습니다.

그리고
이방인과 어울려
이방의 삶을 알게 하신 것은
장차
이방인을 사랑하고
이방의 빛이 되어
이방인을 구원하시는
하나님의 일군 삼아 주시는 은혜임을 깨달았습니다.

고백

하나님께서
나와 함께 계신다.
하늘과 땅의 모든 권세를 가지신 하나님께서
나와 함께 계신다.
만왕의 왕이신 하나님께서
나와 함께 계신다.
나를 위하여 십자가에서 목숨을 버리신 하나님께서
한결같은 사랑으로
온 마음과 목숨과 힘과 뜻을 다하여
나와 함께 계신다.

하나님께서
아무것도 아닌 나와
어떤 것도 요구하지 않으시고
나와 함께 계신다.

하나님을 알수록
나와 함께 하시는 은혜에 감격한다.
나를 사랑하시는 하나님의 은혜를 알수록
나와 함께 하시는 하나님께
죄송한 마음뿐이다.

이 세상을 심판하실 하나님께서

나와 함께 계신다.
어제나 오늘이나
영원토록 동일하신 하나님
온 마음과 온 목숨과 온 뜻과 힘을 다하여
주님을 사랑하게 하옵소서.

하와이 하나우마 베이

십자가

주님께서 흘리신 물은
물이 아니라
붉은 피가 고인
피였습니다.

이 피로
주홍같이 붉은 제 죄가
눈처럼 씻기고
어떠한 병도
치료받게 되었습니다.

3개의 십자가
주님께서는
극형 중 극형인
십자가 처형을 당하시는 자리에서까지
십자가에 못 박혀 죽어 마땅한
중죄인에게서 조롱과 멸시를 받으셨고
그 순간까지도
다른 죄인을 구원하셨습니다.

주님
가시덤불 같이 엉킨 세상
시계(視界) Zero 난세(亂世)

쉴 새 없이 뛰어야 하는 삶에서
십자가를 바라보며 시작하고
십자가를 품고 달리며
십자가 앞에서
매사를 마무리하게 하옵소서.

주님
모든 삶에서
휘장을 가르시고
"내가 다 이루었다"는
말씀을 분명히 바라보며
밀려드는
절망과 좌절을
예수님이름으로 물리치고
하늘과 땅의 모든 권세를 갖고
세상 끝 날까지
나와 함께 하시는
주님을
부르고
노래하며
감격하게 하옵소서.

부활(復活)

엘리 엘리 라마 사박다니
나의 하나님,
나의 하나님
어찌하여
나를 버리셨나이까

온 몸
갈기갈기 찢기시고
피투성이가 된
예수님의
사력(死力)을 다한 절규

하늘보좌에서 십자가
거룩한 하나님이 죄인의 괴수로
영생의 주님이 죽어야 하고
동체(同體)이신 하나님께
버림받아야 하는 절망

죄로 멸망당할 수밖에 없는 자녀를
영원히 살리는 유일한 길
오직
자신이
모든 죄를 짊어지고 죽어야 하는

순간에 이르러
주님은
심장이 파열되는 고통으로
엘리 엘리 라마 사박다니
내가 다 이루었다
부르짖으시며
돌아가셨습니다.

인생들이
주님께 드린
최상의 예우는
시신(屍身)을 향품과 함께
세마포로 싸서
무덤에 정중히 모시고
아침 일찍 무덤을 찾는 것일 뿐

이 것으로
끝났더라면
온 인류는
누구나
죽음 앞
영벌(永罰)에 통곡하며
하나님

어찌하여
나를 버리셨나이까
몸부림칠 것입니다.

그 주님이 부활하셨습니다.
창에 옆구리 찔려
다 쏟으신 피를
수혈(輸血)받지 않으시고
상처 치료받으시러
병원에 가지 않으시고
부러지고 깨진 몸
재활(再活)도 없이
장사한 지 사흘 만에
찬란한 옷 입고
완벽히 사셨습니다.

그리고
온 우주를 아우르는 권위로
말씀하십니다.
하늘과 땅의 모든 권세를 가진 내가
세상 끝 날까지 항상 너희와 함께한다
내가
너희로 하여금

나의 하나님
어찌하여
나를 버리셨나이까
라고 몸부림치게 한 귀신을
내 이름으로 쫓아낼 권세를 준다
성령을 받으라
오직 성령이 너희에게 임하시면
너희가 권능을 받고
예루살렘과 온 유대와
사마리아와 땅끝까지 이르러
내 증인이 되리라

주님께서 부활하심으로
생로병사 법정에서
변호인 없이
어찌하여
나를 버리셨나이까
울부짖는 저주에서
영원히 사면(赦免)되었습니다.

부활 하루 전날

예수님께서
비참하게 돌아가신
다음날

제자들은
모든 힘을 잃었다
희망도
살아야 할 이유도
모두 죽었다.

동료도
위로받을 대상이 못되어
골방에서
속절없이
흐느낄 수밖에 없었다.

부활 하루 전날
그 때에는
가장
슬프고
무섭고
답답한 날이었다.

우리는 안다.
정확하고 분명히 안다.
주님께서
완벽히,
그 것도
하늘과 땅의 모든 권세를 갖고
부활하신 것을 안다.

그러기에
고난주간 마지막 날에
부활절 행사를
기쁘게 준비한다.

앞으로
삶에
부활절 전날 같은
상황이 엄습(掩襲)하더라도
부활하신 주님이
합력하여 선을 이루어 주심을 믿고
기도하고 감사한다.

만일 아기 예수님을 만난다면

아기 예수님을 만난 동방 박사들은
아기 예수님이 자라 33년이 될 때
골고다 언덕
십자가에서
처참하게 돌아가실 것은
상상할 수 없었을 것입니다.

그러나, 저는
아기 예수님이 33년 후에
모진 고난 받으시고
십자가에서 돌아가신 사실을
말씀으로 알고
믿음으로 깨닫습니다.

그러기에
저는 아기 예수님 앞에 무릎을 꿇고
통곡할 것입니다.
"제 죄가 얼마나 중하기에
저를 살리기 위하여
십자가에서 돌아가시려고
이렇게 오셨습니까......."

저는

또 알고, 믿습니다.
부활하신 예수님께서
만 왕의 왕으로 다시 오실 것을!
저는 아기 예수님께
다짐할 것입니다.
"지금은 아기 예수님으로 오신 주님
주님께서 만왕의 왕으로 오실 때에도
주님을 온몸으로 기뻐하고
찬양하게 하옵소서"

두려움

두려움은
나 홀로 있어
무섭다는 것이다.

두려움은
내 힘으로 해결하고자 하나
힘에 부쳐
도망하려는 것이다.

두려움은
내 것인 내 인생을
잃게 될 것을 염려하는 것이다.

내 숨결이 있는 동안
상, 하, 전, 후, 좌, 우에서
얼굴과 목소리를 바꿔가며
엄습하는 두려움

그러나
시도 때도 없이
다가오는 두려움은
주님께 무릎 꿇게 하고
마귀와 전투에서

승리의 기쁨을 누리게 한다.

온 마음을 다하고
목숨을 다하여
온 힘과 뜻을 다하여
십자가에서 돌아가신 예수님의
"다 이루었다"는 말씀과

부활하셔서
"평강이 있을 지어다"
"하늘과 땅의 모든 권세를 갖고
세상 끝날까지 항상 너와 함께 한다"는
주님의 말씀에
제 온 마음과 목숨과
힘과 뜻을
모두 남김없이
담그게 하옵소서.

홍해바다 기적

주님의 인도 하심으로
낮에는 구름 기둥
밤에는 불기둥을 따라갔으나
망망대해 홍해에 이른 백성들
앞에는
한 발자국만 가도
수몰(水沒)당할 위기

뒤에는
장자(長子)를 잃고,
나라가 망한
분노와 적개심으로
오직 죽이고자 진격하는
이집트 군대

이래도 죽고
저래도 죽을 수 밖에 없는
무능한 백성들에게
하늘과 땅의
모든 권세를 가지신 주님께서
홍해바다를 가르시고
주님의 백성들은
모두 건너가게 하셨다.

바로 직후에
홍해보다 더 무서운 이집트 군병들은
그 홍해바다를 덮으시어
아무런 원망과 시비 없이
모두 멸하셨다.

주님
내 인생
이 나라에
홍해바다를 갈라주옵소서
갈라진 그 홍해바다를 덮으시어
아무런 원망과 시비를 받지 않고
더 큰 대적을 모두 멸하소서.

그리고
홍해바달 건너 후에
바다를 가르시어 건너가게 하시고
대적을 멸하신
주님을 힘껏
자랑하게 하옵소서.

목마름

2023년 2월 28일 초판 1쇄 펴냄

글 쓴 이   청심 홍선기
디 자 인   (주)엠오디그래픽스
펴 낸 이   윤상훈
펴 낸 곳   엠오디
주   소   서울시 강남구 강남대로106길 17
전   화   02-333-4266
전자우편   mod@modgraphics.co.kr
홈페이지   www.modgraphics.co.kr
출판등록   2002년 3월 14일 제 2020-000078호

ISBN 979-11-970302-8-4